Wer kennt s.

Meefrä

Anfä

Fortgeschrittene?

Lesen, lernen, labern und lachen mitten im schönsten Weindreieck Deutschlands – eine Anleitung zu Aussprache, Bedeutung und Verwendung des Meefränggischen auf allen Sprachebenen: vom Laut zum Wort, vom Satz zum Sinnspruch.

Sprache ist Identität – ganz besonders im Norden Bayerns, wo man sich seit Jahrhunderten unterdrückt fühlt von der „Kapitale im Süden", dem zentralen bajuwarischen Machtzentrum an der Isar.

Stoßen Sie die Tür auf zur wundersamen Welt der Meefrångn. Machen Sie sich mit ihrer Sprache und ihren

Bräuchen vertraut. Und lernen Sie im Handumdrehen die wichtigsten Ausdrücke und Redewendungen.

*Dieses Sprachquiz macht in nur 60 Fragen aus einem Meefränggisch-**Debben** einen Exberden und aus einem Exberden einen **Subber-Exberden**.*

Mit den „sechs goldenen Regeln der meefränggischen Glückseligkeit"!

Pädagogisch wertvoll, für den Einsatz in Schulen: Gemäß neuer unterfränkischer Rechtschreibung!

Der ideale Zeitvertreib für langweilige Kneipenabende und Fahrten im Würzburger ÖPNV.

Zur Orientierung

Was ist Meefränggisch?

Meefränggisch ist quasi das Biebelrieder Dreiegg der deutschen Dialektlandschaft. Es liegt mitten drin im deutschen Sprachraum, grenzt an das seelenverwandte bierseelige Mittelfränkisch, das nuschelig-bembelige Hessisch, das exotisch-unverständliche Thüringisch sowie an das komplett unbeschreibliche Schwäbisch. Und wird heutzutage überrollt von Transit-Fremdsprachlern wie Holländern, Japanern und Sachsen.

Wo ist Meefränggisch?

Grundsätzlich gibt es zwei Fränkisch: Erstens das schöne Fränkisch aus Mittelfranken, wo es die kurzen Bratwürste gibt und viel Bier getrunken wird, also das Nämbercher Fränggisch – auch als Loddar-Matthäus-Fränggisch bekannt. Und zweitens das noch viel, viel schönere Fränkisch aus Unterfranken, wo es die langen Bratwürste gibt und viel Wein getrunken wird, also das Meefränggisch – auch als Erwin-Pelzig-Fränggisch bekannt.

Wie ist Meefränggisch?

Aussprache: *Meefränggisch strotzt nur so vor Aussprachebesonderheiten und bietet einen enormen Reichtum an linguistischen Entdeckungen. Bis heute ist es sprachwissenschaftlich nur teilweise erforscht (siehe Sprachatlas von Unterfranken und Unterfränkisches Dialektinstitut).*
Merke: Im Meefränggischen gibt es ausschließlich stimmhafte bilabiale, dentilabiale und velare Verschlusslaute aber keine stimmlosen! Mit anderen Worten: Es gibt nur ein weiches „b" wie in Biano (Klavier) und Baggbabier (Packpapier) sowie ein hartes „b" wie in Bedong (Beton) und Bolizei (Polizei). Außerdem existiert nur ein weiches „d" wie in dodahl (total) und Droddoah (Trottoir) sowie ein hartes „d" wie in Driddbredd (Trittbrett) und Dilledand (Dilletant). Sogar das „k" wird manchmal zu „g", etwa in Gnabberzeuch. Wobei das „g" wiederum oft als „ch" gesprochen wird, wie in lüchen (lügen).

Sprachliche Rekorde: *Meefränggisch ist die einzige Sprache der Welt, die Wörter mit sechs „B" hat: Dibb-Dobb-Dübb („Tipp-topp-Typ") ebenso wie Dibb-Dobb-Dibb („Tipp-topp-Tipp"). Das weltweit einzige Wort mit acht „G" gibt es ebenfalls nur im Meefränggisch: Piggnigg-Ruggsagg („Picknick-Rucksack").*
Auffällig: *das å (dunkler a-Laut)*

Die „sechs goldenen Regeln der meefränggischen Glückseligkeit"

Jedes der folgenden sechs Kapitel erhält einen zusammenfassenden Satz, eine jahrhundertealte ur-meefränggische Lebensweisheit. Diese sechs überlieferten Basistexte – auch als die „sechs goldenen Regeln der meefränggischen Glückseligkeit" bezeichnet – sind eine zeitlose Anleitung auf dem Weg zum vollendeten Glück, zum Ausstieg aus einer hastigen Welt überbordender Moden und Hypes, Lebensstile und Kommerz-Träume. Der Meefrånge drückt den Zustand seiner Zufriedenheit eher bescheiden-zurückhaltend aus mit dem Sinnspruch „Gott sei Dank, ich bin ä Meefrånk!"

Kapitel 1

Kapitel eins: Arbeit und Freizeit

Erste goldene Regel der meefränggischen Glückseligkeit:

**Arbeite wenig, esse recht viel,
bleibe stets flüssig,
so kommst Du zum Ziel!**

Wie überall in deutschen Landen ist auch der Alltag im Maindreieck geprägt von den beiden Gegenpolen Arbeit und Freizeit. Diametral gegenläufig zum Schwaben („Schaffe schaffe Häusle baue“) konzentriert sich der Meefrånge auf die behutsame Ausgestaltung des Alltags, zum Beispiel in Weinstuben.

ARBEIT & FREIZEIT

1) Was ist ein ritualisierter Reisestopp bei Ausflügen des Kegelvereins, der Kleintierzüchter, Obst-und-Gartenbauvereins etc.?

a) Foto-Halt

b) Gymnastik-Stopp

c) Entspannungsrast

d) Binkelbause

ARBEIT & FREIZEIT

Antwort d): *Eine **Binkelbause** wird bei Busausflügen generell bereits nach wenigen Kilometern eingelegt. Um die Regelmäßigkeit der Pausen sicherzustellen haben sowohl die Reisenden als auch der Busfahrer ausreichend alkoholische Getränkevorräte im Gepäck. a) bis c) kommen so gut wie nie vor.*

*Beispielsatz: **„Scheff, mir müsse ball widder ä Binglbause mach, sünst geits gleich ä Mallör.“***

ARBEIT & FREIZEIT

2) Was bedeutet „schoppen“ nicht?

a) Mengenangabe für weinhaltige Getränke

b) abgestorbene Kopfhautplättchen auf den Schultern

c) ein Glas Wein

d) englisch für „einkaufen“

ARBEIT & FREIZEIT

Antwort b): *Die heißen auch rund um Würzburg meist einfach Schuppen (lat. Pityriasis simplex capitis). Ein* ***Schoppen*** *ist gleichbedeutend mit einem Glas Wein sowie der Mengenangabe „ein Viertelliter“. Hier bekommt der US-amerikanische Spruch „shop 'till you drop“ eine ganz neue Bedeutung (neudeutsch: „Saufen bis der Arzt kommt“).*

Beispielsatz: ***„Hobb, mir dringge noch enn Schobbe!“*** **oder** ***„Gestern hab ich fei zehn Schobbe gsuffm!“***

ARBEIT & FREIZEIT

3) Wie heißt ein Gefäß, in dem Fleisch eingesalzen wird?

a) Salzkiste

b) Schweinedisko

c) Säustücht

d) Fleischtonne

ARBEIT & FREIZEIT

Antwort c): *Ein* ***Säustücht*** *ist eine hohe Tonne, ein Zuber um Fleisch einzusalzen.*

Beispielsatz: ***„Mein guude Säustücht håb ich den Hartmut geebe!“***

ARBEIT & FREIZEIT

4) Was bedeutet mangig?

a) piekfein

b) leicht feucht

c) kerzengerade

d) zäh wie Teig

Antwort b): *Wenn Wäsche leicht feucht ist, so dass sie sich gut bügeln lässt, dann sagt man in Meefrångn, sie ist* ***mangig*** *(siehe auch hochdeutsch die verwandte Wortbildung* ***Heißmangel****).*

Beispielsatz: ***„Berda, ich kann nit mit, ich muss büüchl, di Wäsch is grad so schöö mangich.“***

ARBEIT & FREIZEIT

5) Wie übersetzt man Einkaufstasche ins Meefränggisch?

a) Dudde

b) Shopping-Bag

c) Tüütsche

d) Hartz4-Koffer

Antwort a): *Die* ***Dudde*** *wird gerne auch als* ***Einkäff-Dudde*** *oder* ***Blastik-Dudde*** *bezeichnet.*

Beispielsatz: ***„Jetz hab ich in Käffhäff eikäff döff müss un hab mei Eikäffdudde derhemm vergesse."*** ***(Übers.: „Jetzt habe ich im Kaufhof einkaufen wollen und meine Einkaufstasche zu Hause vergessen.")***

6) Was bedeutet das Wort Dausch?

a) bargeldloser, nicht-monetärer Warenhandel

b) Karl Friedrich Dausch (1878-1952), Bahnwärter, Mundartdichter und Ochsenfurter Original

c) Bezeichnung für die so genannte letzte Fuhre der Ernte

d) Schwein vor dem ersten Werfen, Muttersau

Antwort d): *Im Maindreieck üblicherweise die Bezeichnung für das weibliche Schwein vor dem ersten Werfen. Zudem gebräuchlich sind* ***Däuschlein, Mock, Gelz, Sau*** *und* ***Erstling****. Ebenso korrekt ist die Aussprache* ***Dausch*** *für ein Tauschgeschäft.*

Beispielsatz: ***„Komm, Du kriechst ä båår Mark für Dei Spårdäuschla“*** oder ***„Lieber gut gedauscht wie schlecht bezåhlt is mei Moddo!“***

7) Warum und wann muss man Schmusgeld bezahlen?

a) unnötige, sinnlose Ausgabe

b) Strafgebühr für unerlaubtes Küssen

c) Gebühr für erlaubtes Küssen

d) Vermittlungsgeld beim Schweineschlachten

Antwort d): *Das* ***Schmusgeld*** *ist der Betrag, den früher einer erhielt, der dem Metzger ein Schwein zum Schlachten vermittelte. Teilweise auch als* ***Schwarzgeld*** *bezeichnet. Wurde auch für erfolgreiche Heiratsvermittlung bzw. -Anbahnung gezahlt.*

Beispielsatz: ***„Der Horst håd fei immer noch nit sei Schmusgeld kriecht!“***

8) Das Geistrohr ist …

a) ein Witzbold

b) die Kühlschlange beim Schnapsbrennen

c) ein längliches Gerät zu abergläubischer Beschwörung

d) ein Zylinderhut

Antwort b): *Kennen Sie Himbeergeist? Genau in diesem Sinne ist dieser Geist gemeint, der beim Schnapsbrennen durch das Rohr der Kühlschlange strömt. Die übliche meefränggisch Bezeichnung für Witzbold hingegen ist* ***Schbåssvoochl****.*

Beispielsatz: ***„Brunzverreck, wo issn des Geistrohr hiikomme. Mir wölle doch ååfang zunn Brenne!“***

9) Was ist ein/eine Hudel?

a) Gerät zum Reinigen des Backofens

b) Schlampe, Schlunze

c) übermäßige Eile

d) brütende Henne

Antwort a): *An einer Stange wurde an dem einen Ende ein feuchter Lappen oder Sack befestigt und dann konnte damit der Backofen gereinigt werden. Das Verb* ***hudeln*** *dagegen ist schwäbisch und bedeutet: etwas schnell und flüchtig machen.*

Beispielsatz: ***„Geb mir emål den Huudel. Ich muss den Drecks-Oofe sauber måch."***

10) Was ist die korrekte Aussprache von „ein breites Brett“ in Meefrångn?

a) ä brääds Braad

b) ä brääds Breed

c) e braads Briid

d) e breeds Brääd

Antwort: *Rein theoretisch sind im Großraum Meefrångn alle vier Antwort-Varianten richtig. Praktisch auch.*
Die lautliche Realisierung des alten germanischen kurzen e-Lautes als helles langes „a" ist eines der markantesten Merkmale Kennzeichen in Meefrångn. So wird das deutsche Wort ***Nebel*** *teilweise als* ***Naabel*** *ausgesprochen.*

Beispielsatz: ***„Brigidde, bring emål ä brääds Braad her."***

Kapitel 2

Kapitel zwei: Mentalität und Menschen

Zweite goldene Regel der meefränggischen Glückseligkeit:

**Hab Sonne im Herzen
und Schoppen im Blut,
dann brauchst Du nichts anderes,
denn dann geht's Dir gut!**

Die wichtigsten Faktoren der Bewohner des glücklichsten aller deutschen Landstriche: Die soziokulturelle, geistig-moralische Disposition der Bewohner Mainfrankens korrespondiert mit der Herbe seines Lieblingsgetränks und dem strengen Phosphathaushalt seines Bodens. Zu gut deutsch: In einer harten Schale wohnt ein harter Kern. Der fälschlich von heimlich eingeschleusten Bajuwaren in Umlauf gebrachte Merkspruch „harter Schädel, weiches Hirn“ ist antifränkische Propaganda!

11) Was ist ein Dollhorn?

a) überdurchschnittlich begabter Blechbläser (der bläst fei ä dolles Horn)

b) Mann mit hoher Zeugungsrate (der håd fei ä dolles Horn)

c) Depp, Vollidiot, Rindsbimbel (Du Dollhorn, hast Du enn Batscher!)

d) Felsenerhöhung in der Vorrhön, ähnlich dem Matterhorn (Guck, dort oobe is des Dollhorn)

MENTALITÄT & MENSCHEN

Antwort c): *Ähnlich dem* ***Bånånebiecher*** *ist ein* ***Dollhorn*** *eine Person mit mangelhafter intellektueller Disposition.*

Beispielsatz: ***„Der Ludwig, des Dollhorn, håd scho widder sein Labbe ab müss geb!“***

12) Wofür steht die Buchstabenkombination MSP?

a) Mehr Spaß

b) Mein Schwein pfeift

c) Mee-Schbedzer

d) Main-Spessart

Antwort d): *MSP ist das offizielle Autokennzeichen für den Landkreis Main-Spessart. Diese vermeintliche Abkürzung scheint die Phantasie der Meefrångn stark anzuregen, denn auch die Interpretation „Mamma sucht Pappa" ist geläufig.*

Beispielsatz: ***„Obacht, die Mee-Schbetzer von MSB sin widder in Wördsburch."***

13) Was bedeutet der Ausspruch: Di glotze wi di Moggeli?

a) mit viel Geldeinsatz investieren; klotzen, nicht kleckern!

b) überrascht aus der Wäsche schauen

c) mit Bauklötzen spielen wie die Mongolen

d) aufgrund einer Brille scharf sehen können

Antwort b): ***Moggeli*** *ist die Bezeichnung für junge Kälber, die noch übergroße Augen haben (sog. Kindchenschema). In Analogie zur den meefränggischen Bauern bekannten Tierwelt wird überraschtes Schauen als „Gucken wie die Kälber" bezeichnet.*
Ähnlich die Bezeichnung für ein sehr großes, recht kräftiges junges Mädchen „Des is fei ein Kalb, hä!"(Neudeutsch Elefantenbaby).

Beispielsatz: ***„Wenn der FV widder fünf null verliert, dann glotze di wi di Moggeli!"***

14) Wofür steht die Buchstabenkombination WÜ?

a) Wir üben

b) Würg!

c) Wenig überzeugend

d) Würzburg

Antwort d): *WÜ ist das offizielle Autokennzeichen für Stadt und Landkreis Würzburg. Angesichts der fahrerischen Leistungen ortsansässiger Automobilisten besonders am Berliner Ring fälschlicherweise von Ortsfremden oft als „Wir üben" interpretiert. Einer alten, meefränggischen Weisheit zufolge schafft es aber derjenige durch die ganze Welt, der es unfallfrei einmal um den Berliner Ring schafft.*

Beispielsatz: ***„WÜ bidde???"***

15) Was bedeutet auf Meefränggisch das Wort räudich nicht?

a) zerlumpt

b) durchtrieben

c) reich und gutaussehend

d) wütend

Antwort c): *In der Tat ist* ***räudich*** *ein mehrdeutiges Wort, das sich sowohl auf die äußere Erscheinungsweise beziehen kann (****der schaut fei räudich aus****), wie auch auf den emotionalen Zustand wütender Erregung (****gestern war ich gscheit räudich****) und eine frech-schlaue Vorgehensweise (****des is ä räudicher Verrecker****).*

Positive Bezeichnungen für Menschen, die dem Schönheitsideal der Hochglanzmagazine entsprechen und die über ein weit überdurchschnittliches Einkommen verfügen (reich und gut aussehend), gibt es im Meefränggischen nicht. Was unter anderem damit zusammenhängt, dass es so gut wie keine reichen und gutaussehenden Meefrångn gibt.

16) Wofür steht die Buchstabenkombination KT?

a) Killertomate

b) Keine Tabus

c) Kleiner Teufel

d) Kitzingen

Antwort d): *KT ist das Autokennzeichen des Landkreises Kitzingen und weithin im Umland bekannt für die Aufrechterhaltung und Pflege des Pkw-Tuningkults aus den 80ern.*

Beispielsatz: ***„KT - Oh weh!"***

17) Was ist ein Grischbele?

a) kleine, schmächtige Person

b) große, stämmige Frau

c) ein Brot mit Griefenfett

d) Begleiter des Christkinds

Antwort a): *Ein leicht abwertend gebrauchter Terminus zur Bezeichnung nicht vollwertig ausgewachsener Menschen. Wird oft auch für Kinder verwendet. Als Charakterisierung von Erwachsenen wirkt die Bezeichnung stark verächtlich, mitunter gar mitleidig. Auch als* ***Hämfele*** *(Handvoll) bezeichnet*

Beispielsatz: ***„Der Mardin, des is so ä Grischbele!“*** **ähnlich:** ***„Der Mardin, des Hämfele!“***

18) Wofür steht die Buchstabenkombination SW?

a) Sehr witzig

b) Schöner Wohnen

c) Schnell weg

d) Schweinfurt

Antwort d): *SW ist schon seit Alters her das Autokennzeichen für die Stadt und den Landkreis Schweinfurt. Das zweite, kleinere Oberzentrum der Region Meefrångn konnte offenbar auf Grund seiner industriellen Bedeutung ein Kennzeichen mit drei Buchstaben (normalerweise nur für ganz kleine Städte und bevölkerungsarme Regionen verwendet. Bsp.: MSP) erfolgreich abwenden.*

Beispielsatz: ***„Ihr Dollhörner, Ihr seid sooo blöd, dass S W dud!“***

19) Welche Beschreibung für Wördsburch ist <u>nicht</u> zutreffend?

a) das kleine Mainhattan

b) Weinfrankenmetropole

c) das Weinfass an der Autobahn

d) Provinz auf Weltniveau

Antwort d): *Der Slogan „Provinz auf Weltniveau" trifft nur auf Weltniveau, nicht aber auf Provinz zu.*

Kein Beispielsatz

20) Wofür steht die Buchstabenkombination HAS?

a) Hasenfüße

b) Habe alles satt

c) Heute Abend Saufen

d) Haßfurt

Antwort d): *HAS ist das offizielle Autokennzeichen des Landkreises Haßberge, mit seinem Hauptort Haßfurt. Übrigens der östlichste Landkreis Unterfrankens; grenzt an das schöne Oberfranken.*

Beispielsatz: ***„HAS Du den Debben gsehn?“***

Kapitel 3

Kapitel drei: Benimmregeln und soziales Miteinander

Dritte goldene Regel der meefränggischen Glückseligkeit:

Mach es wie die Winzeruhr,
zähl die Schoppenstunden nur!

Die Abwesenheit von jeglicher Form sozialen Schnickschnacks ist ein maßgebliches Kennzeichen des vorzügliches Benehmens der Meefrångn. Der landesübliche Ein-Wort-Gruß „Scott" (Kurzform von „Grüß Gott, wie geht's?) reicht. Mehr gilt als geschwätzig und distanzlos. Merke: Ohne Etikette gibt es auch keinen Etikettenverstoß.

BENIMMREGELN & SOZIALES MITEINANDER

21) Was sind im Meefränggischen die drei häufigsten Wörter mit präkonsonantischem Initial-s?

a) sMaul

b) sgeil

c) Scott

d) Spätzle

BENIMMREGELN & SOZIALES MITEINANDER

Antwort a), b) und c) sind korrekt. *Spätzle sind eine in Meefrångn ungebräuchliche schwäbische, würmerähnliche Mehlspeise.* ***sMaul*** *ist die Kurzform von „Du kriegst gleich ein Paar auf's Maul", oft mit begleitender, martialischer Gestik, etwa die Faust ballen.* ***sgeil*** *ist die sprachökonomisch verkürzte Form des affirmativ (positiv bestätigenden) Satzes „Das ist geil!".* ***Scott*** *ist die knappe, ganztägig geläufige Grußformel „Grüß Gott".*

Beispieldialoge für a), b) und c):
Sprecher 1: *Du Debb, fåhr halt weiter.*
Sprecher 2: *Eyh! sMaul!*

Sprecher 1 *(am Telefon): Un, wie isses aufm Weinfest?*
Sprecher 2 *(leicht lallend): sgeil!*

Sprecher 1: *Guten Abend!*
Sprecher 2: *Scott!*

BENIMMREGELN & SOZIALES MITEINANDER

22) Wie bezeichnet man einen erstklassigen Mann, vorzüglichen Kameraden und höchstkollegialen Kollegen?

a) Dibb-dobb-Dibb

b) Dibb-dobb-Dübb

c) Dibb-dobb-Dieb

d) Dobb-dibb-Dubb

Antwort b): *Gängige Bezeichnung für einen außerordentlich anständigen Meefrångn.*

Beispielsatz: ***„Der Erwin, des is fei ä Dibb-dobb-Dübb! Der hat mir sein alde Exzenderschleifer gschenkt, der wo fei dåmals fast hunnert Mark gekost hat!“***

Gehört zur Gruppe der meefrängischen sprachlichen Rekorde und zu den extrem seltenen Wortverbindungen, die mit sechs „b“ gesprochen und geschrieben werden. (siehe Einleitung)

BENIMMREGELN & SOZIALES MITEINANDER

23) Wie bestellt man in Wördsburch eine Bratwurst?

a) Ä Geknickte mit, bidde!

b) Eine von den leckeren Würsten bitte!

c) Gebmiramoll Drei in an Weggla!

d) Ä Broodwörschtla bittschöön

Antwort a): *Die auf kunstvolle und professionell-rasante Weise beim Einlegen in das Brötchen in ihrem Mittelteil mit der Greifzange geknickte Bratwurst wird mit etwas Senf versehen an den Kunden überreicht. Daher rührt die Bezeichnung* ***Geknickte****. Das* **mit** *in der Bestellung bezieht sich auf den Senf. Kredenzt wird die* ***Geknickte*** *im Weck (vulgo: Brötchen). Ganzjähriges Hauptverbreitungsgebiet ist vorzugsweise der Würzburger Marktplatz.*
Antwort c) ist übrigens typisch für den Nürnberger Raum, wo es die viel kürzeren Bratwürste gibt. d) typisch für den Raum Hof. Die weltbesten Bratwürste gibt es übrigens im oberfränkischen Coburg.

Beispielsatz: ***„Wer möcht aa noch ä Geknickte mit, hä?"***

BENIMMREGELN & SOZIALES MITEINANDER

24) Jemanden mit Daumen und Zeigefinger in die Haut kneifen heißt in Meefrångn …

a) pfetzen

b) giggeln

c) hürbsen

d) duffen

BENIMMREGELN & SOZIALES MITEINANDER

Antwort a): *in der Bedeutung von jmd. kneifen und sich einklemmen sehr gebräuchlich. Daher heißt die gemeine Ameise (formicida) im nördlichen Meefrångn auch* ***Pfetzameise****, weil sie ja gelegentlich zwickt. Auch als Bestandteil in der Bezeichung* ***Schoppenpfetzer*** *enthalten. Weitere Varianten:* ***pfatzen, pfitzen, petzen, zwicken****.*

Beispielsatz: ***„Heut Abend geh ich in Maulaffenbäck un pfetz ä baar Schobbe.“*** **Hier in der Nebenbedeutung Wein trinken (Schoppen pfetzen).**

BENIMMREGELN & SOZIALES MITEINANDER

25) Was bedeutet der Spruch „pfundsverreck und zugesemft"?

a) Ausdruck maximaler Überraschung und erschütternder Erkenntnis

b) altunterfränkische Beschwörungsformel

c) Abschlussformel bei Bestellungen an der Wursttheke

d) „500 Gramm Senf bitte, im Glas!"

Antwort a): *Eine im Zusammenhang mit „Asterix uff Meefränggisch" erfundene und fast schon wieder ausgestorbene Wendung, die gerne kommentierend für aktuelle überraschende Erkenntnisse verwendet wird.*

Beispielsatz: ***„Ja pfundsverreck und zugesemft, mei Nachbar håd ä neus Audo!"***

BENIMMREGELN & SOZIALES MITEINANDER

26) Wie ist die korrekte meefränggische Übersetzung für die höfliche Rückfrage „Wie bitte?“

a) Hä?

b) Hü?

c) Hott?

d) Hobb!

BENIMMREGELN & SOZIALES MITEINANDER

Antwort a): *Eines der Paradebeispiele für Sprachökonomie. Auf jegliche überflüssige artikulatorische Lautbildung wird verzichtet.*

Beispieldialog:
Tourist: „*Verzeihen Se mal. Wo besteht hier die Möglichkeit eines Weinkaufs?*"
Einheimischer (im Weitergehen, ohne Blickkontakt aufzunehmen): „*Hä?*"
Tourist: „*Danke vielmals!*"

27) Was ist die höchste Form des Lobs, dessen ein Meefrånge fähig ist?

a) Das hast Du ganz toll gemacht!

b) Nix gsåcht is gelobt genuch!

c) Des kåmmer låss.

d) Des hätt ich fei nit gedåcht.

Antwort d): *Wird sehr sehr sparsam eingesetzt, und schon gar nicht in der direkten Ansprache an den, der gelobt werden soll, verwendet. Eher im Hintergrundgespräch über die Leistung eines Dritten.*

Beispielsatz: ***„Dass die so enn guude Schobbe mache, des hädd ich fei nit gedåcht."***
Dieser Satz wird absolut emotionslos geäußert und enthält keinerlei Hebung der Stimme, auch nicht gegen Satzende. Daher auch die Abwesenheit von Ausrufezeichen auf der Schriftebene.
Einzig mögliche finale Steigerung durch die Verstärkungspartikel *echt: „Des hädd ich fei <u>echt</u> nit gedåcht."*
Die reguläre Form des Lobs drückt sich eher in der Abwesenheit von negativen Äußerungen aus:
Frau: *Un, wie schmeckt´s Esse?*
Mann: *Nix gsåcht is gelobt genuch!* (als neutrale Form des Lobs, siehe Antwort b. Etwas stärker und positiver ist Antwort c.) *„Des kåmmer låss."*

BENIMMREGELN & SOZIALES MITEINANDER

28) Was meint die Anrede „Schbordsfräöünd“?

a) Aufmunterung

b) Warnung

c) Verachtung

d) Ausdruck von Gruppenzugehörigkeit

BENIMMREGELN & SOZIALES MITEINANDER

Antwort b): *Die Verwendung der Bezeichnung* ***Schbordsfräöünd*** *gilt als warnende Anrede an eine Person, die soziale Grenzbereiche auslotet. Es ist meist die letzte Chance vor ersten körperlichen Sanktionen.*

Beispielsatz: ***„Jetz emål aufgemerkt Schbordsfräöünd, gleich håd der Schbåss ä Loch!"***

BENIMMREGELN & SOZIALES MITEINANDER

29) Wie lautet der korrekte meefränggische Spitzname für einen Einwohner von Schweinfurt?

a) 05er

b) Kufi

c) Schnüdel

d) Schweini

Antwort c): ***Schnüdel*** *ist in den an Schweinfurt grenzenden Regionen ganz allgemein die Bezeichnung für die Bewohner Schweinfurts. Besonders häufig aber verwendet für die Spieler und Anhänger des örtlichen, meist glücklosen Fußballvereins Schweinfurt 05.* ***Schnüdel*** *ist der unterfränkische Ausdruck für einen Zipfel, und bezieht sich im Zusammenhang mit den Nullfünfern als Spitzname angeblich auf den Zipfel, der vor Erfindung des Blasenventils im Inneren des Fußballes gebunden werden musste.*

Beispielsatz: ***„Die Schnüdel hamm scho widder nit gewonne!“***

BENIMMREGELN & SOZIALES MITEINANDER

30) Wie lautet die offizielle Anrede für eine unbekannte, aber sozial gleichgestellte männliche Person?

a) Horch emål

b) Kåmmeråd

c) Mäster

d) Scheff

e) Gell

Antwort a) bis e): *alle fünf Antworten sind richtig*

Beispielsätze:

„Horch emål, wo geht´s ´n då zunn Wollwerd?“
„Kåmmeråd, wo geht´s ´n da zunn Wollwerd?“
„Mäster, wo geht´s ´n da zunn Wollwerd?“
„Scheff, wo geht´s ´n da zunn Wollwerd?“
„Gell, da geht´s zunn Wollwerd?“
(Anm. der Red.: Wollwerd = Woolworth, Kaufhaus)

Kapitel 4

Kapitel vier: Sachkultur und Religion

Vierte goldene Regel der meefränggischen Glückseligkeit:

Wer den Messwein nicht ehrt,
ist Kilians Segen nicht wert.

Der Meefrånge liebt seinen Alltag klar strukturiert und modular aufgebaut. Seine minimalistische Ausdrucksweise drückt sich in einem kleinen, überschaubaren Baukasten meefränggischen Mobiliars aus. Einer der wichtigsten Bausteine ist der Glaubensbereich. Auch deshalb, weil nach dem Modul Gottesdienst nahtlos das Modul Frühschoppen anschließt.

SACHKULTUR & RELIGION

31) Was genau ist ein Wäddigo?

a) offene, eitrige Wunde am Bein (des ist fei ä Drumm …)

b) erniedrigende Niederlage (des wår sei …)

c) Möbelstück (unner ganz Gscherr is in den enne …)

d) holländische Ferienregion (mir komme gråd ausm …)

SACHKULTUR & RELIGION

Antwort c): *Kleiner Schrank mit zwei Türen, der oben mit einer Schublade und einem Aufsatz schließt und angeblich nach seinem ersten Verfertiger, dem Berliner Tischler Vertigo benannt ist. Im Vertigo wurde früher zumeist das Geschirr aufbewahrt. Heute wird das Wort aber für alle Arten von halbhohen Schränken mit Ablageflächen verwendet. Vorsicht: Es gibt keinen sprachlichen Zusammenhang mit dem Verb* ***wäddigodieren*** *(vulgo: vertikutieren) bei der Rasenpflege.*

*Beispielsatz: „**Dei Schlüssel liecht middn auffm Wäddigo, Du Debbele vom Käbbele!**“*

SACHKULTUR & RELIGION

32) Was bedeutet der Ausruf „Bein Heiliche Kilian“?

a) Ausruf der Überraschung zu Ehren des Würzburger Schutzpatrons

b) fälschlich für „beim Eiliche Kilian“, Morgengruß der Würzburger Postboten

c) Ortsangabe für den Aufenthalt in der Gaststätte „Heiliger Kilian“

d) Gebetsmühlenhaft zu wiederholende Beschwörungsformel zur Segnung des Stadtsäckels

SACHKULTUR & RELIGION

Antwort a): *Der irische Mönch und Missionsbischof Kilian kam wohl im 7. Jh. nach Franken und christianisierte die Region. Nach seinem Märtyrertod 689 in Würzburg wurde er mutmaßlich in der Neubaukirche begraben. Seit dem Mittelalter wird Kilian auch durch das Kilianifest geehrt.*

Beispielsatz: ***„Bein heiliche Kilian– is des ä Drumm Schinken.“***

33) Was ist ein Bocksbeutel?

a) Plastiktüte in der Form einer Box (meefränggisch Bocks) zum Transport von Milch

b) Trainingssack für Kampfsportarten

c) Heißluftballon über Würzburg

d) Eigentümliche, von der EU geschützte, autochtone meefränggische Flaschenform

SACHKULTUR & RELIGION

Antwort d): *Eine mythische, fast heilig zu nennende Flaschenform in der Art einer Keule, die die Meefrångn in harten Kämpfen ob ihrer Originalität und Einzigartigkeit in Luxemburg vor dem EU-Gerichtshof tapfer erstritten haben. Einzig das nordportugiesische Weingut Mateus kam weiland auf die selbe Idee, und darf das auch.*

Beispielsatz: ***„Hobb, hol noch enn Bocksbeudel, so jung komme mir niggs mehr zamm.“***
(Anmerk. der Red.: Antwort c) ist bei schönem, windstillen Wetter gelegentlich auch korrekt!)

SACHKULTUR & RELIGION

34) Was und wo ist der Doom?

a) katholische Bischofskirche in der Stadtmitte von Würzburg, Dom

b) Ü30-Disko-Party z.B. im Würzburger Residenzkeller, Rock The Dome

c) bundesweit agierende Super- und Baumarktkette, u.a. in Höchberg, Toom-Markt

d) buckelartige Erhöhung am Rücken, Doom-Abszess

SACHKULTUR & RELIGION

Antwort a) und c), *da der Satz* ***ich muss noch zum Doom*** *sowohl den Besuch des Kirchenhauses bedeuten kann, wie auch den Einkauf im Supermarkt.*

Beispielsatz: ***„Mir Höchbercher hamm aa enn Doom. Halt nit zunn Bääde, åwer zunn Eikäffe.“***

SACHKULTUR & RELIGION

35) Was ist ein Puff?

a) Kurzform für Auspuff (am Auto oder Moped)

b) rundes Sitzmöbel aus Stoff bzw. Leder

c) Bordell (lat. domus oeconomis horizontalis)

d) Stier mit nur einem (!) Horn

SACHKULTUR & RELIGION

Antwort b): *Ein Puff (vulgo: **Buff**) ist ein rundes Möbelstück, dass in den 1970ern seine flächendeckende Verbreitung als modisches Sitzkissen auch in den meefrängischen Wohnzimmern fand.*

Beispielsatz: ***„Gerda, hol emål di zwää Büff runter, die Stühl lange nit.“***

36) Der Kartoffelkäfer heißt in Meefrångn auch …

a) Badölleleskaafer

b) Grumbernzwicker

c) Erdepfelschmecker

d) Bodaggnhacker

SACHKULTUR & RELIGION

Antwort a): *In der Gemeinde Eisenheim bei Volkach wird der gemeine Kartoffelkäfer (lat.* ***Leptinotarsa decemlineata*** *– bedeutet „Zehnstreifen-Leichtfuß") seit Alters her als* ***Badölleleskaafer*** *bezeichnet. Korrekte Bezeichnungen für die Kartoffel sind in Meefrångn* ***Grumbern*** *(b) und* ***Erdebfl*** *(c), jedoch nicht in der Bezeichnung für den Kartoffelkäfer. d)* ***Bodaggn*** *heißt es im Raum Nürnberg.*

Beispielsatz: ***„Heuer geits fei widder viel Badölleleskaafer."***

SACHKULTUR & RELIGION

37) Wie heißt das Getränk, das in Österreich Sturm heißt, in Meefrångn?

a) Wind

b) Bremser

c) Sauser

d) Furz

SACHKULTUR & RELIGION

Antwort b): *Der Federweiße (frisch gepresster Traubenmost, der bereits begonnen hat zu gären) heißt in Meefrångn **Bremser**, nach dem mittelhochdeutschen Wort bremsen mit der Bedeutung „gären". a) ist erfunden, c) gilt in der Schweiz. Achtung: Nach starkem Bremsergenuss kann es zu Antwort d) bzw. a) und Kilians Fluch (= Durchfall) kommen.*

Beispielsatz: ***„Der Bremser geht mir gscheit in mein Mååche rüm!"***

SACHKULTUR & RELIGION

38) Was sind Leiterli?

a) kleine Leitern, im Haushalt vorzugsweise zum Fensterputzen genutzt

b) kleinwüchsige, führende Angestellte (Mehrzahl), Abteilungsleiter

c) elektrostatische Nanostruktur-Leiterplatten

d) meefränggische Version von Spare Ribbs

SACHKULTUR & RELIGION

Antwort d): *Es gibt kaum etwas besseres als frische, noch dampfende und ordentlich fette, gebratene Rippenstücke, am liebsten vom Wildschwein. Antwort a) ist rein grammatisch gesehen auch korrekt, in dieser Form als Verkleinerung von* ***Leiter*** *aber ungebräuchlich.*

Beispielsatz: ***„Bein Metzger in der Hauptstrass geits di beste Leiterli vo Wördsburch!“***

SACHKULTUR & RELIGION

39) Die Bezeichnung Daalerbriid bedeutet …

a) runder Handkäse, frisch auf einer Holzplatte serviert

b) Fabeltier, Goldesel in meefränggischem Märchen

c) Geschirrgestell in der Küche

d) Kinderschreck aus Veitshöchheim

SACHKULTUR & RELIGION

Antwort c): ***Daalerbriid*** *ist kein Tier das Taler ausbrütet und auch nicht die Bezeichnung für einen Käse oder einen Kinderschreck sondern die meefränggische Aussprache des Wortes* **Tellerbrett***. Dieses fast ausgestorbene Wort bezeichnet ein Geschirrgestell, das regalartig an der Wand hängt, oft sogar direkt über der Spüle. Dort wurde das frisch gespülte Geschirr, vor allem die Teller, noch feucht abtropfend eingestellt.*

Beispielsatz: ***„Bass auf, dass Du Dir bein Schbüüln nit Dein Schädel am Daalerbriid ååhaust."***

40) Wie heißt die Jauche in Meefrångn **nicht**?

a) Sutte

b) Strotze

c) Sudel

d) Odel

SACHKULTUR & RELIGION

Antwort d): ***Odel*** *wird nur im Bairischen (Feindesland!) verwendet. In Meefrångn bezeichnet man eine gesammelte Menge flüssiger Exkremente (Urin und evtl. aufgeschwemmter Kot) von Tieren und Menschen in entsprechenden Auffangbecken zum Zwecke späterer Düngung unter anderem als* ***Strotze, Sutte, Sudel, Pfuhl, Pudel, Puhl, Mistbrühe, Misthülben*** *und* ***Trotze****.*

*Beispielsatz: „****Wenn Bauern in die Strotze segeln, helfen keine Bauernregeln.****“* **(uralte meefränggische Weisheit)**

Kapitel 5

Kapitel fünf: (Fremd-)Sprache und bildhafte Ausdrücke

Fünfte goldene Regel der meefränggischen Glückseligkeit:

**Alle Tischdecken
sollen Bocksbeutel bedecken!
(Englisches Original:
„You must always be able
to stay at the table!")**

Die Vorstellungskraft und Fantasie der Meefrångn ist sprichwörtlich. Ähnlich wie ihre Geschwätzigkeit und Weltoffenheit. Mit herzlicher Liebe umschließt der Meefrånge lautlich Fremdsprachen, die sich gut in sein meefränggisches Idiom eingliedern lassen. Insonderheit das Englische hat es ihm bis zur Unkenntlichkeit angetan.

(FREMD-)SPRACHE & BILDHAFTE AUSDRÜCKE

41) Welcher Ausdruck für Sommersprossen ist in Meefrångn nicht geläufig?

a) Sommervögel

b) Muggenschiss

c) Märzenrieselein

d) Läusmuggen

(FREMD-)SPRACHE & BILDHAFTE AUSDRÜCKE

Antwort c) *Genauso wie der* ***Bremsendreck****, die* ***Rotzmucken****, die* ***Kuckucksschecken*** *und das* ***Sommerblümlein*** *ist das* ***Märzenrieselein*** *im angrenzenden Baierischen verbreitet.* ***Sommervögel, Muggenschiss, Läusmuggen*** *sind wie die* ***Sonnenflecken, Rübensamen*** *und* ***Kuhflecken*** *bis heute in Meefrångn gebräuchlich.*

*Beispielsatz: „****Die Berta hat mehr Muggeschiss im Gsicht als wie ich Haar aufm Kopf.****"*

42) Was könnte ein Wegscheißer sein?

a) Kobold, der nächtliche Wanderer irreführt

b) (jämmerlicher) Straßenhund, Köter

c) eitriges Gerstenkorn am Augenlid

d) stinkendes Unkraut am Straßenrand

(FREMD-)SPRACHE & BILDHAFTE AUSDRÜCKE

Antwort c): *Gesprochen **Waachscheißer** (mit hellem, langen „a"). Bezeichnung für ein Gerstenkorn, eine Entzündung am Augenlid. Laut altem Volksglauben als Strafe dafür, dass man seine Notdurft am Wegesrand verrichtet hat.*

Beispielsatz: ***„Der Waachscheisser bei der Claudi ihrn Aach is fei ä mords Bickele!"***

(FREMD-)SPRACHE & BILDHAFTE AUSDRÜCKE

43) Was ist nicht korrektes Fränglisch (= meefränggisches Englisch)?

a) Kendel-Leit-Brotzeit

b) Häbby-Auer-Schoppe

c) Dreif-in-Schalder

d) I believe I spider

(FREMD-)SPRACHE & BILDHAFTE AUSDRÜCKE

Antwort d): *Die wörtliche Übersetzung von „ich glaub ich spinn" ist so genanntes Loddar-Matthäus-Fränglisch und NICHT in Meefrångn gebräuchlich. a) bedeutet: romantisches, aber auch preisgünstiges Abendessen zu zweit (urspr. Kendel-Leit-Dinner, hat aber die fränkische poetische Seele nicht ausreichend berührt, daher Umbildung in Reimform Kendel-Leit Brot-Zeit. (engl. Candle Light), b) kostengünstiger Alkohol zur frühen Abendstunde (engl. Happy-Hour), c) Speisendirektmitnahme vom Fahrzeug aus (engl. Drive-In).*

44) Wie ist die korrekte Serialisierung in mehrteiligen Modalverbgefügen mit abtrennbarem Präfix oder: wie heißt es richtig?

a) „den Gerd hab ich oo müss delefonier"

b) „den Gerd hab ich oo delefonier müss"

c) „den Gerd hab ich oo müss gedelefonier"

d) „den Gerd hab ich oo gemüss delefonier"

(FREMD-)SPRACHE & BILDHAFTE AUSDRÜCKE

Antwort a) Gilt nur für Würzburg. Antworten b) bis d) sind ebenfalls im restlichen Meefrångn verbreitet. *Wörtlich: „Den Gerd habe ich an müssen telefonieren." Gemeint ist: Den Gerd habe ich anrufen müssen. Diese Besonderheit in der Wortstellung beruht einerseits auf dem abtrennbaren Präfix „an-" bei* ***telefonieren*** *sowie andererseits auf dem noch aus dem Mittelhochdeutschen stammenden Modalpräfix „ge-" in* ***getelefonier****. Ähnlich:* ***Den hat der Bischof im Bauernkrieg üm lass bring****. (Den hat der Bischof umbringen lassen.) Oder:* ***Da hab ich allenz hemm müss laaf!*** *(Da musste ich alleine nach Hause laufen.) Oder:* ***Ich hab für mei Oma immer im Käffhäff ei müss käff dörf.*** *(Ich habe für meine Oma immer im Kaufhof einkaufen müssen dürfen.)*

(FREMD-)SPRACHE & BILDHAFTE AUSDRÜCKE

45) Wie heißt es in Wördsburch richtig? Då kånn ich mich fei …

a) … niggs mehr dråå erinner!

b) … nimmermehr dråå erinner!

c) … nicht mehr daran erinnern!

d) … nummer droo erunner!

(FREMD-)SPRACHE & BILDHAFTE AUSDRÜCKE

Antwort a): *Gilt für Besucher und Neubürger der Stadt als eines der charakteristischsten Dialektmerkmale, die anfänglich auffallen und zum Teil sogar zu schweren Syntaxschmerzen beim nicht-meefränggischen Zuhörer führen. Vorsicht!!!*

Beispielsatz: ***„Ån mein letzte Schobbe gestern kann ich mich fei niggs mehr dråå erinner!“***

46) Was gibt es in meefränggischen Supermärkten nicht?

a) Boschολλäh-Briemöhr

b) Båguette-Boode

c) An-Tschohwiss

d) Knootschi

(FREMD-)SPRACHE & BILDHAFTE AUSDRÜCKE

Antwort b): *In meefränggischen Supermärkten gibt es nur Stein- oder PVC-Böden. Einen Parkett-Boden (meefränggisch:* ***Båguette-Boode****) gibt es nur in Wohnungen. Vorsicht:* ***Båguette-Brote*** *gibt es natürlich in meefränggischen Supermärkten. Sie heißen hier aber* ***Stangenweißbrot****. Der Beaujoulais Primeur (****Boschólläh-Briemöhr****) wird nur bei Besuch von weit auswärts eingekauft, Anchovis (****An-Tschohwiss****) gelten als bemitleidenswerte Alternative zu Meefischli und Gnocchi (****Knootschi****) gibt es eigentlich nur in der Kantine, wenn italienische Woche ist.*

*Beispielsatz: „****Der Gerd hat fei alleweil enn neue Båguette-Boode in sein Wohnzimmer nei mach låss müss.****“*

47) Wie heißt die folgende Feststellung korrekt?

a) des is glennere Mademadigg

b) des is mittlere Mademadigg

c) des is höchere Mademadigg

d) des is allerhöchste Mademadigg

(FREMD-)SPRACHE & BILDHAFTE AUSDRÜCKE

Antwort c): *In der Bedeutung „ein komplizierter Vorgang, der für einen Meefrångn weit über das kleine Einmaleins hinausgeht“ (also den Hunderterraum betrifft)*

Beispielsatz: ***„Der Stråbå-Fåhrblån, der is für mir höchere Mådemådigg!“*** **(Anm. der Red.: Straba steht für Straßenbahn)**

(FREMD-)SPRACHE & BILDHAFTE AUSDRÜCKE

48) Was ist im Raum Würzburg ein Neuntöter?

a) Vogel (Lanius collurio), auch Rotrückenwürger genannt

b) Hornisse (Vespa crabro)

c) starker Schnaps aus dunklen Weintrauben (68 Prozent!)

d) unterfränkischer Serienmörder, auch als „Bestie aus der Pleich" bekannt

(FREMD-)SPRACHE & BILDHAFTE AUSDRÜCKE

Antwort b): *Die Hornisse wird in Meefrångn als „Neuntöter" bezeichnet, da angeblich neun Hornissenstiche ein Pferd töten (das gehört in die Rubrik Märchen!). Daneben sind in Meefrångn auch die Bezeichungen* ***Gäulsameise, Hirmesse, Hormeß*** *und* ***Gäulstecher*** *geläufig.*

Beispielsatz: ***„Der Gerd is heut widder räudich wie ä Neundööder."***

49) Was bedeutet in Randersacker der Spruch „Ii haa a Ää üü"?

a) Der Dorfesel hat Leibdrücken.

b) Aufwärmübung des Gesangvereins zur Stimmbildung

c) Aua, ich habe eine heiße Kartoffel im Mund.

d) Ich habe ein Ei übrig.

(FREMD-)SPRACHE & BILDHAFTE AUSDRÜCKE

Antwort d): *Gilt als typischer Erkennungssatz für Randersacker, da er nur dort phonetisch so ausgesprochen wird. Weswegen sich die Bewohner umliegender Ortschaften heimlich darüber lustig machen. Aber pssst, nicht verraten!*

Beispieldialog aus einer alltäglichen Einkaufsszene im Dorf-Supermarkt:
Verkäuferin: *Ii haa a Ää üü.* (Übersetzung: Ich habe ein Ei übrig!)
Kunde: *Ii haa <u>aa</u> a Ää üü.* (Übersetzung: Ich habe <u>auch</u> ein Ei übrig!)
(Anm. der Red.: Neuerdings auch in der Variante für Überraschungs-Ei: *Ii haa a Ü-Ää üü!*)

(FREMD-)SPRACHE & BILDHAFTE AUSDRÜCKE

50) Was bedeutet eigentlich das Wort alsemål?

a) neulich

b) manchmal, unter Umständen

c) im Moment, grad eben

d) immer

(FREMD-)SPRACHE & BILDHAFTE AUSDRÜCKE

Antwort b): *Beide Bedeutungsvarianten* ***manchmal*** *und* ***unter Umständen*** *sind geläufig und ergeben sich aus dem jeweiligen Kontext.*
Die Bedeutung von ***alleweil*** *ist „im Moment“ sowie „immer“ und auch „neulich“.*

Beispielsatz: ***„Der Willi hat alsemål sein Schwibbschwåcher dåbei. Vielleicht kann der mit ååbagg, ich kann alleweil grad nit!“***

Kapitel 6

Kapitel sechs: Kultur und Region

Sechste goldene Regel der meefränggischen Glückseligkeit:

**Glücklich ist, wer vergisst,
dass Meefrångn nicht zu ändern ist.**

Im tiefsten Grunde seines Herzens ist der Meefrånge überzeugt, dass es sich bei Kultur und Region um jederzeit verzichtbare Konzepte handelt. Wozu gibt es schließlich Weinstuben? Auch eine Form der Hochkultur. Der Gang an die Wahlurne wird insofern nur deshalb akzeptiert, weil sich das Alltagsmodul Frühschoppen nahtlos daran anschließen lässt (siehe Regel 4).

51) Wie heißt die Region, in der u.a. Volkach, Kitzingen, Ochsenfurt und Würzburg liegen?

a) Mee-Vieregg

b) Mee-Verreck

c) Mee-Dreiegg

d) Mee-Dregg

Antwort c): *Das Kerngebiet Mainfrankens, auch Weinfranken genannt, ist geographisch gekennzeichnet durch den markanten Flussverlauf des Mains in Form eines auf der Spitze stehenden, nach oben offenen Dreiecks, aufgespannt zwischen den Städten Schweinfurt, Ochsenfurt und Gemünden. Einen ähnlich markanten Verlauf in Form eines Vierecks (ebenfalls nach oben = Norden offen!) hat der Main zwischen den Eckpunkten Lohr, Wertheim, Miltenberg und Aschaffenburg.*

Beispielsatz: ***„Im Meedreieck und Meeviereck schwimmt überall der gleiche Dreck, verreck!"*** **Dieser Satz vereint alle vier Antwortoptionen in einem sowohl inhaltlich wie grammatikalisch korrekten wenngleich sinnfreien Gebilde.**

52) Welcher der folgenden Kurznamen für meefränggische Orte ist erfunden?

a) Leini

b) Üchtelstücht

c) Rimbi

d) Beach

Antwort c): *denn der korrekte Kurzname für Rimpar lautet Rimbrrr.* ***Leini*** *ist die Kurzform von Leinach,* ***Üchtelstücht*** *meint Üchtelhausen bei Schweinfut wegen seiner Kessellage (vgl. Frage 3),* ***Beach*** *ist seit den Fünfzigerjahren der Spitzname von Waldbüttelbrunn.*

Beispielsatz: **„*In Rimbrrr kannste neäs gebimbrrr!*“ (bekannte Redewendung, Volksweisheit)**

53) Wie heißt der Wein in Meefrångn?

a) Mädschigg-Schoppen

b) Wellness-Drink

c) flüssiges Brot Meefrångns

d) ein Mosel-Saar-Ruwer

Antwort c): *In fast schon mythischer Verklärung wird auf Grund seiner wohltuenden Wirkung und oft sofortigen Ganzkörper-Wellnessung das „flüssige Grundnahrungsmittel Meefrångns" gern als* ***Mädschigg-Schoppen*** *bezeichnet. Dies in schmunzelnder Anlehnung an die Wirkung des Zaubertranks bei Asterix und Obelix (siehe Asterix uff Meefränggisch Band 1 bis 3). Veraltet auch noch Traubenmost genannt.*

Beispielsatz: ***„Ich bin heut eweng mådd, ich gläbb ich brauch enn Mädschigg-Schobbe."***

54) Ein Rundgang durch meefränggische Spezialitäten: Was bedeutet …

a) Hetzfelder Bauchstecherli

b) Kesselflääsch

c) Leckerli

d) Spießbråååde

Antwort a): ***Hetzfelder Bauchstecherli*** *sind Schupfnudeln nach Heidingsfelder Art, also u.a. mit etwas Sauerkraut vermischt und Wacholderbeeren gewürzt.*
b) ***Kesselflääsch****, deutsch: Kesselfleisch, gibt es nur beim Schlachten eines Schweins. Gilt als Delikatesse.*
c) **Leckerli** *steht für Bonbons jeder Art, außer Lakritze*
d) ***Spießbråååde*** *ist eine beliebte Zwischenmahlzeit aus Fleisch. Oft zwischen zwei Brötchenhälften verzehrt.*

Beispielsatz: ***„Ohne ä Spießbrååådebrötli zunn Frühstück bin ich ä halber Mensch!“*** **auch in der Wendung** ***„Enn Spießbråååde am Dååch, damit des Leebe Dich mååch.“***

55) Was bedeutet das Wort Härscheglos?

a) Nikolaus

b) Landadel

c) Gesäß, derb: Arsch

d) streng schmeckendes Wildbret

Antwort a): *meint den Nikolaus! Was durch den zweiten Wortbestandteil „glos" für „Klaus" von Niklaus ausgedrückt ist. Die Herkunft des ersten Wortbestandteils ist unklar. Sie hat jedenfalls nichts mit der „herrschenden Klasse" zu tun wie b) suggeriert.*

Beispielsatz: ***„Wenn Du nit artich bist, nå kumbd der Härscheglos un nimmt Dich mit!"***

56) Welche zwei Bedeutungen des Wortes bråggdisch sind korrekt?

a) sinnvoll und handlich

b) ein Tisch (Disch) zum Einpacken (braggen)

c) Name einer regionalen Baumarktkette

d) so gut wie

Antwort a) und d):

Beispielsätze:

zu a) „*So ä Vierzich-Donner is fei bråggdisch, Du!*"

zu d) „*Der is braggdisch dood!*"

Der Satz *Am Braggdisch* (b) *vom Braggdisch* (c) *schafft nämlich mei Schwibbschwåcher* ist absolut erfunden.

57) Welcher Ortsname ist nicht Meefränggisch?

a) Hetzfeld

b) Maroggo

c) Kårscht

d) Frankfurt

Antwort d): *Frankfurt liegt im benachbarten Ausland. a)* ***Hetzfeld*** *steht für Heidingsfeld (siehe Frage 54), b)* ***Maroggo*** *für Margetshöchheim und c)* ***Karscht*** *bedeutet Karlstadt.*

Beispielsatz: ***„Mei Mudder stammt vo Maroggo und mei Vadder vo Karscht. Åwer ich bin ä Hetzfelder!"***

KULTUR & REGION

58) Mit was bringt der Meefrånge das Verb bromenier fälschlich in Verbindung?

a) mit dem Aktionsbündnis Pro Menier!

b) mit Promenade

c) mit der französischen Form des Verbs bromen

d) mit Promi

Antwort d): *Im festen Glauben daran, dass das spaziergangähnliche Lustwandeln durch die Innenstadt aus Gründen des Sehen und Gesehenwerdens von Prominenten (= Promis) geboren wurde. Antwort a) ist frei erfunden. b) Dieses Wort kennt der Meefrånge nicht. c) Auch das Verb* ***bromen*** *ist frei erfunden.*

Beispielsatz: ***„Am Samsdåäch dud di gans Wördsburcher Hott Wolléé durch di Schdådt bromenier."***

59) Welcher A-Promi ist kein meefränggischer Muttersprachler?

a) Dirk Nowitzki, Weltklasse-Sportler

b) Urban Priol, Weltklasse-Kabarettist

c) Thomas Lurz, Weltklasse-Sportler

d) Frank-Markus Barwasser, Weltklasse-Kabarettist

Antwort b), *denn der Priols Urban ist gebürtiger Aschaffenburger (Ascheberscher) und damit spricht er Hessisch, ist also kein meefränggischer Muttersprachler (siehe auch S. 133). Er hat allerdings in Würzburg studiert. Dass ausgerechnet das Duo Priol und Barwasser seit Oktober 2010 mit „Neues aus der Anstalt" die deutsche Polit-Kabarettszene anführt, lässt aber keine Rückschlüsse auf die humoristischen Kompetenzen des Durchschnitts-Meefrångn zu.*

Beispielsatz: ***„Der Briols Urban, der is doch ä halber Hess!"***

60) Wie heißt der korrekte Spitzname der Höchberger?

a) Schneegänz

b) Kracken

c) Vögelein

d) Domspatzen

Antwort b): *Die Bezeichnung* ***Höchberger Kracken*** *geht angeblich zurück auf die vielen Krähenvögel, die einstmals den Ortsteil Hexenbruch zu Zeiten der Hexenverfolgung bevölkert haben.* ***Schneegänz*** *ist der Spitzname für die Bewohner des benachbarten Eisingens, das Nordheimer Vögelein ist eine berühmte Weinsorte aus dem gleichnamigen Nordheim und die Domspatzen gibt es nur in Regensburg, einen Dom aber auch in Würzburg und Höchberg (siehe Frage 34).*

Beispielsatz: **„*Helau Krakau!!*"**
(offizieller Karnevalsruf der Faschingsgilde Höchberg)

Die Autoren

Hans-Dieter Wolf und Gunther Schunk sind zwei der Übersetzer des „Asterix uff Meefränggisch". Die beiden gebürtigen Coburger (Oberfranken) beschäftigen sich schon seit über 20 Jahren mit den sprachlichen Eigenheiten und psychologischen Verhaltensweisen der Meefrångn. Mittlerweile sind sie selbst schon zu solchen geworden.

Literaturtipps und -hinweise

Asterix uff meefränggisch. Band 1 bis 3. übersetzt von Fraass Kai, Schunk Gunther, Wolf Hans-Dieter; Ehapa Köln 2003, 2004 und 2006 (mehrere Auflagen)

„Wörterbuch von Unterfranken." Fritz-Scheuplein M., König A., Krämer-Neubert S., Wolf N.-R.; 3. überarbeitete und erheblich erweiterte Auflage 2008. Königshausen & Neumann

„Kleiner Unterfränkischer Sprachatlas." Fritz-Scheuplein M.; König A., Blidschun C., Wolf N.-R. Heidelberg 2007. Winter-Verlag

http://hp.mainfranken-chat.com/homepages/mainfranken-chat.de/hp/23/schwuppi.html

Dank

Wir danken dem Heiligen Kilian, Bacchus, dem Herrn Müller-Thurgau, Ferdinand Oechsle sowie den unterfränkischen Weinprinzessinnen seit 1987 und allen Winzern und Schoppenpfetzern im Maindreieck.
Wir grüßen unsere Eltern, Freunde, Frauen und Bekannte sowie Frank-Markus Barwasser, Urban Priol, Rudi Kotz, unsere Doktorväter und alle Käufer dieses Quizes.